VENTE

HOTEL DROUOT — SALLE N° 8

Le Samedi 16 Juin 1906

A 2 HEURES 1/4

TABLEAUX

AQUARELLES - PASTELS - DESSINS

GRAVURES

Anciens et Modernes

36 OEUVRES D'INNOCENTI

OBJETS D'ART

Me Gaston FRANÇOIS	M. Arthur BLOCHE
COMMISSAIRE-PRISEUR	EXPERT PRÈS LA COUR D'APPEL
23, Rue Le Peletier, 23	52, Rue de Châteaudun, 52

EXPOSITION PUBLIQUE

Le Vendredi 15 Juin 1906, de 2 heures à 6 heures

CONDITIONS DE LA VENTE

La vente aura lieu au comptant.

Les acquéreurs paieront dix pour cent en sus des enchères

L'exposition mettant les acheteurs à même de juger de l'état des objets, aucune réclamation ne sera admise aussitôt l'adjudication prononcée.

DÉSIGNATION

TABLEAUX

ŒUVRES D'INNOCENTI

1 — Joueurs de cartes.

2 — La fête de grand'mère.

3 — Tête de bourgeois.

4 — Tête de savant.

5 — Le guitariste.

6 — Le buveur.

7 — Sur le rempart.

8 — Le retour de la noce.

TABLEAUX

AQUARELLES. — PASTELS. — DESSINS
GRAVURES

37 — ATALAYA. L'Écurie.

38 — AUBRY (D'après). La bonne nouvelle.
Gravure en couleur.

39 — BASSAN (Genre du). L'Annonciation.

40 — BAZIN. Portrait de Jacques Molay.

41 — BERNE-BELLECOUR (J.). Militaires.
Aquarelle.

42 — BLANCHOT. Scène d'Algérie.

43 — BIN. Vénus sortant de l'onde.

44 — BOILLY (D'après). Ah ! qu'il est sot.
Gravure en couleur.

45 — BOUCHER (Attribué à). Femme nue.
Sanguine.

46 — CAGNARD. La Seine à Paris.

47 — CHAIGNEAU (Ferdinand). Berger et son troupeau sur le flanc d'une colline.
Aquarelle.

48 — CHAPLIN. L'oiseau envolé.

49 — CLUSERET. Oriental en prière.
Pastel.

50 — CORTES. Vaches au pâturage.

51 — COUSSEDIÈRE. Paysage d'automne.

52 — DIDIER-POUGET. Les côteaux.

53 — DISTRECCI. Berger et son troupeau près d'une cascade.

54 — E.-C. Marine.

55 — E.-C. Tête d'homme.

56 - Tête de femme.

57 — E. H. Paysage au bord d'un fleuve animé de nombreux personnages et d'animaux.

58-59 — FAVEROTS. Coqs et poules.
Deux tableaux se faisant pendant.

60 — GREUZE (École de). Jeune fille en costume blanc et ruban bleu dans les cheveux.

61 — HEILT. Parisienne.

62 — Japonaise.

63 — HOBBEMA (Genre de). Paysage boisé.

64 — HUGUES (Clovis). Paysage.

65 — ISABEY (D'après). L'Epave.
> Lithographie.

66 — LANGEROCK. Entrée d'une maison orientale.

67 — LOUTHERBOURG. Pastorale.
> Dessin.

68 — JOHN-LEWIS BROWN. Etude de chevaux.

69 — NETSCHER (Attribué à). Portrait d'homme en pelisse noire.
> Cadre bois.

70 — NOTERMAN (E.). L'atelier du peintre.

71 — PATEL (Attribué à). Monument près de ruines.

Gouache.

72 — PÉROUX. Portrait de femme en costume blanc et peplum bleu.

Signé et daté 1801.
Grande miniature.

73 — PICHAT. Cheval à l'écurie.

74 — PILS. Caisson d'artillerie.

Aquarelle.
Cadre en bois sculpté.

75 — RUBENS (Genre de). Tête de vieillard.

76 — SCHEFFER (A.). Femme en prière.

Dessin.

77 — TENIERS. Le Savant.

78-79 — VALLIN (École de). Les quatre Saisons.

Quatre petits tableaux se faisant pendant.

80 — VERNON (Paul). Venise.

81 — VOGLER. Paysage.

82 — WYLD. Canal à Venise.

> Aquarelle.

83 — YELDO. Jeux d'amours.

> Sanguine feuille d'éventail encadrées.

84 — ECOLE ANGLAISE. British Plenty Scarcity in India.

> Deux gravures en couleurs se faisant pendant

85 — ECOLE ANGLAISE. La danse et la musique.

> Deux gravures en couleurs se faisant pendant

86 — ECOLE FLAMANDE. Portrait d'homme en costume noir et rabat de dentelle.

87 — ECOLE FLAMANDE. La sorcière.

88 — ECOLE FLAMANDE. Fleurs.

89 — ECOLE FRANÇAISE. Scène de la Comédie italienne.

90 — ECOLE FRANÇAISE. Portrait de jeune fille portant une rose à son corsage.

91 — ECOLE FRANÇAISE. Portrait de femme en élégant décolleté.

92 — ECOLE FRANÇAISE. Nymphe et amour.

93 — ECOLE FRANÇAISE. Portrait d'homme en redingote.

94 — ECOLE FRANÇAISE. Invocation.

Dessin rehaussé de lavis.

95 — ECOLE FRANÇAISE. Portrait d'homme en riche vêtement rouge et or.

Cadre bois.

96 — ECOLE FRANÇAISE. La rencontre.

97 — ECOLE FRANÇAISE. Gentilhomme en armure.

98 — Le Savant.

99 — ECOLE HOLLANDAISE. Légende.

100 — ECOLE HOLLANDAISE. Portrait de fillette en robe rouge.

101 — ECOLE ITALIENNE. La Vierge, l'enfant Jésus et saint Jean.

Gouache.

102 — ECOLE ITALIENNE. La Vierge et l'Enfant.

103 — ECOLE ITALIENNE. Le temps et la
jeunesse.

104 -- ECOLE ITALIENNE. Saint Jean.

105 — ECOLE MODERNE. Paysage traversé par
un cours d'eau et animé de figures.

106 — ECOLE MODERNE. Fleurs.

107 — Clair de lune.

108 — Femme près d'une fenêtre.

109 — ECOLE PRIMITIVE. La Vierge et les
Apôtres.

110 — ECOLE VÉNITIENNE. Portrait d'une
patricienne.

111 — Six eaux-fortes encadrées : Paysages animés

112 — Lot de gravures, dessins, eaux-fortes,
aquarelles.
Sera divisé.

113 — Six gravures en couleurs : Intérieurs de grandes villes ; Vues de Venise.

114 — Lot de gravures, d'après Greuze.

115 — Dix-sept lithographies, d'après Charlet.

116 — La Tour de Babel.

117 — Trois gravures en noir.

OBJETS D'ART

118 — Pendule de l'époque Louis XVI, le mouvement couronné par un soleil est supporté par deux colonnettes cannelées en marbre blanc. Base et socle en marbre bleu turquin ornés de bronzes dorés et d'une frise à perlés.

119 — Sucrier, cafetière et pot à crême en porcelaine de Paris, décor à fleurs et rehauts d'or.

120 — Deux verres et un pot à eau en verre taillé. Epoque du Ier Empire.

121 — Plat en ancien émail cloisonné du Japon.

122 — Groupe en bronze partie dorée : l'Education de Bacchus, socle en marbre rouge.

123 — Paire de flambeaux en bronze argenté, formés par des colonnettes surmontées de chapiteaux. Fin Louis XVI.

124 — Petite statuette de Diane en marbre blanc. Œuvre de *Caussé*, socle en marbre rouge.

125 — Groupe en terre cuite : Bacchante et petit faune. Œuvre de *Carrier-Belleuse*.

126 — Petit seau en porcelaine d'Allemagne, décoré de myosotis en relief.

127 — Deux petits flambeaux à une lumière formés par des figurines d'amours en bronze doré posants sur des colonnettes, socles en marbre blanc.

128 — Statuette ancienne en bronze représentant Minerve, socle en marbre.

129 — Ménagère en ancienne faïence de Moustiers, décor bleu sur blanc.

130 — Deux vases en porcelaine fond rouge à rehauts d'or décorés de scènes militaires, anses formées par des têtes de femmes ailées. Epoque du Ier Empire.

131 — Petit buste de femme en terre cuite. Œuvre de d'*Epinay*.

132 — Statuette en bronze : La Danse dans les flammes.

133 — Petite coupe en onyx supportée par une figurine d'amour en bronze doré sur socle émaillé.

134 — Petite chaise à porteurs en émail, décor à jeux d'amours sur fond mordoré.

135 — Petite vitrine de style Louis XV en émail à scènes galantes et trophées d'instruments de musique.

136 — Statuette en bronze : Phryné. Œuvre de *Madrassi*.

137 — Paire de flambeaux en bronze ciselé et gravé décor à palmettes et semis de fleurs.

138 — Bas-relief ancien en marbre représentant la Vierge et l'Enfant, cadre en bois sculpté.

139 — Petite lanterne vénitienne d'applique en fer forgé.

140 — Petite statuette de femme acrobate en bronze patine argentée. Signée *Anfrie*.

141 — Statuette ancienne en bronze à patine noire: la Vénus d'Arles.

142 — Encrier en bronze ciselé et doré à deux godets et orné au centre d'un flambeaux, socle en marbre noir. Epoque du Ier Empire.

143 — Ostensoir en cuivre doré et repoussé. Dans son écrin.

144 — Petite statuette ancienne d'Hercule en bronze.

145 — Flambeau en bronze partie dorée, à trois lumières formées par des branches d'œillets et orné au centre d'une figurine de femme émergeant d'une gaîne à rocailles.

146 — Deux petites bouteilles en émail cloisonné fond bleu à fleurs.

147 — Bouteille en faïence hispano-mauresque, décor à reflets métallique.

148 — Assiette creuse en faïence de Rouen à bord dentelé, décor fond bleu à fleurs.

149 — Petit buste de page en faïence décorée.

150 — Deux flambeaux en bronze à une lumière formés par des sphinx de femmes ailées.

151 — Petite pendule de l'époque Louis XVI, le mouvement supporté par des colonnettes en marbre noir ornées de bronzes, socle en marbre blanc.

152 — Coffret en laque du Japon décoré d'éventails en rehaut d'or sur le couvercle.

153 — Jeux de deux coffrets en laque du Japon décorés de fleurs en rehauts d'or et d'inscrustations de burgau.

154 — Objets omis.